김진섭 시집

# 하늘공원

*Anthology of Poems by Jinsup Kim*

지구문학

이전에 다른 시인들의 시를 번역만 하던 나는 지난 10년 동안 시 쓰기를 배우면서 자연과 소통하며 문학을 하는 사람들과 더불어 사는 것이 얼마나 아름답고 경이로운 것인가를 다시 발견하였다.

이러한 자아발견을 통하여 나의 널브러진 상념을 정화되고 농축되어 절제된 언어로 표현하려는 노력은 내 스스로 심호흡을 반복하는 것이었다. 따라서 내가 시를 쓰는 것은 새로운 자유로움과 희망을 찾아나서는 순례자의 여정과 같다고 생각한다.

늦깎이로 내면의 세계를 곱씹으며 쓴 글을 처음 시집으로 펴내면서 나의 심경은 마치 처음 새 생명을 잉태한 여인처럼 산고와 희열을 함께 체험하는 것 같다.

이 한 권의 시집이 세상에 나오기까지 여러 사람들이 나를 애써 가르쳐주고 아낌없이 도와주었다. 특별히 선배 시인 김현숙 선생님, 이희선 선생님과 해설을 써주신 홍윤기 선생님 그리고 나 자신이 영역(rendering)한 나의 영시를 감수해 주신 미국 성공회 유진 자일휄더(Eugene

Zeilfelder) 신부님과 삽화를 그려 주신 서울여자대학교 석유선 선생님께 깊이 감사드리며, 또한 출판을 위해 각별히 배려해 주신 지구문학사 김시원 선생님께 충심으로 감사드린다.


2010년 5월


서울 올림픽공원에서 김 진 섭

# 3부

# 4부

# 5부

## *My Poems in English*

# 1부

# 일필휘지 一筆揮之

방 가운데 촛불이

귀양살이 선비처럼

밤 새워 붓글씨 쓴다

뜨거운 눈물 섞어

시를 휘갈겨 쓴다

촛불 심지가 가물가물

촛농 속으로 잠길 때

일필휘지 새벽 닭 운다

# 세한도 歲寒圖

첫 기차 타려고 집 나서는 내가
벌렁 나자빠지는 언덕배기 눈길
간밤 인가로 시래기 훔치러 나온
짐승 발자국으로 세한도 그려놨다
고라니와 토끼가 측량대 나란히 꽂아
새 길 터 놓은 길로 걷고 있는데
숲속 가랑잎 더미 속으로
짐승 발자국이 자꾸 나를 끌고 간다
갑자기 내 머리 위로 쏴— 쏟아지는 눈꽃다발 선물
짐승들의 발자국이 내게 새 이정표가 되는 새날 아침에

# 돌부처

허허로운 가을 들녘 외딴 길섶
기다리듯 서 있는 미륵불
흔적뿐인 이목구비 유별나게 뭉툭한 큰 코
전각篆刻처럼 숭숭 뚫린 양팔
바람이 큰 콧구멍에 들락날락거리니
간지럼 타는 미륵 미간 꿈틀거린다

나는 앙상한 가슴 열어
이끼 낀 미륵불에 맞대고
긴 풍상의 소리에 귀 기울인다
귀머거리, 벙어리, 소경이 된 미륵은 말한다
해 걸러 기우제 지내던 농군들
피난 길 젖먹이 품고 죽은 아낙들
왜병 칼에 댕강 떨어진 동학군 목
(차마 볼 수 없었노라)고 미륵은 속삭인다

지금도 사람들은 미륵에 달려와
소원성취 비나리하신다
도솔천 보살은 언제쯤 오는가

# 왜가리의 푸념

우수, 경칩 서둘러
불러들인 까치봄
무지개로 일어나
지친 내 어깨 날금 긋다

메밀꽃 같은 별들이 지켜주는
성긴 둥지 깔고
움츠린 내 몸을 추스린다

아직 눈발로 퍼붓는 꽃샘바람
서성거리는 나를
낯선 우듬지로 내몰아
묵은 가지들 투덜대며 흔들어댄다

지금은
연못가 살얼음 감춘 잔설
문밖 연탄재처럼 쭈뼛거리고

닭장 같은 속살 드러낸 연못가


나는 연못가에서 코를 벌름거리며
싸릿대 같은 한 쪽 다리 처든 왜가리처럼
그냥 멀거니 서 있다

# 갈대는

태풍이 할퀴고 간 냇가
쓰러진 버드나무 옆 갈대가
백로와 귀엣말로 소곤댄다

건너편 연못 물줄기
옛 성 같은 수정궁 펼치니
연꽃이 붉은 가슴 탁 풀어 헤친다

한가위 달이 슬그머니 갈대 속살을 들여다본다
홀씨들에게 날개옷 입혀주며 타이른다
"어서 날 밝으면 떠날 채비하라고"

홀씨들 바람 타고 뿔뿔이 흩어가고
새끼들 떠나 보낸 빈 갈대는
서로 부둥켜 안고 윙윙 운다
대代를 잇는 질긴 목숨들이라고
노을이 붉게 타오른다.

# 아버지

벼랑 끝 꾸부정하게 서 있는 소나무

목말라 하시던 그 때 내 아버지 모습이다

배고픔에 지친 솔개, 잿빛 허공 거머쥐듯

바위틈을 꽉 움켜 쥔 솔뿌리의 안간힘

삐딱한 솔 밑둥에 솔가리들이 누비처네 두른다

천년 햇살 쏟아지는 벼랑 끝

누런 앨범 속 아버지가 바위틈에 싹 틔운

여린 소나무 한 그루

솔잎에 반짝이는 빗방울이

젊은 날 아버지의 호통처럼 반짝인다

# 옹이

크낙새 떠난 광릉 숲
옹기 같은 혹들이 나무 줄기에
여기저기 붙어 있다
맨 꼭대기 봉긋 솟은 옹이 하나가
옹달샘가 처녀들 젖가슴 같다
옹기들 가슴팍으로 파고들던
작은 된장 고추장 단지 같은
쓰임새도 많았던 상징물이
광릉 숲서 셀 수 없이 만난다

오월, 솟구치는 숲을 담기에
높푸른 하늘이 너무 좁다

# 석상이 있는 풍경

야외 올림픽공원
금메달리스트의 전신석상*이 눈에 거슬린다
누군가에 할퀸 얼굴에 가랑비가
떨어져 나간 석상의 볼을 어루만지며
가랑가랑 눈물처럼 매달렸다

그가 딛고 오른 숨 가쁜 정상이
쉼표를 찍는 걸까!
오늘따라 내 눈엔
저 흐르는 물줄기가 애린,
핏자국으로 보일까!

글로벌 리더를 꿈꾸는 새벽
석상은 왜가리 목을 하고
건너편 성채를 쏘아본다

아침 먹거리 찾는 비둘기 떼처럼

지나가는 사람들의 발등 위로

겹철쭉 꽃잎이 하나 둘 봄을

폴짝폴짝 뛰어 내린다




*서울올림픽공원에 있는 야외 조각상―정상頂上

# 하늘공원*

서울특별시민들이 코 막고 눈 감고 내다버린 파리떼의
영토, 전쟁 고아들이 전마선 타고 건너가던 보이스 타운
(Boys’ Town)이던 그 난지도에서 난초와 영지靈芝가 만나
산다


주검의 땅을 일깨워 뒤엎은 억새 무리
휘휘 옛 가락을 읊으면
까치, 참새떼가 생명의 노래로 화답하고
그늘진 벼랑길엔
갈대와 쑥부쟁이가 서로 부둥켜안고
덩실덩실 춤판을 펼친다


억새풀 제치며 너와 내가 손 잡고 걸어가는 허드레 땅
묻어 둔 사랑이 다시 녹아 흐르고
햇살 듬뿍 이고 한 걸음 한 걸음 올라가는 하늘공원


*서울상암동 월드컵경기장 건너편 매립지 공원, 옛 난지도.

# 말복 근처

간밤 소나기가 우르르 쾅 번쩍, 폭염을 제압한다

말매미가 새벽찬가 힘차게 불러대는 빈 장터 옆

불볕 햇살이 주걱 같은 감나무가지 잎사귀를 달군다

다람쥐새끼처럼 매달린 땡감들

큰애기 젖가슴처럼 부풀어 오르는 말복 근처

대장장이 팔뚝에 쏟아지는 땀줄기에

시뻘겋게 달아오른 쇳덩어리가 새 연장으로 태어난다

# 2부

# 소록도<sub>小鹿島</sub>

새벽 별들이 펼쳐 놓은 메밀꽃 한마당 아래,
다도해 안개를 걷어내며
작은 사슴 한 마리가 서서히 다가온다.
사슴의 큰 눈망울 속에 아직도 무명수건으로
젖은 하늘 가린 얼굴들이 박혀 있다
혈육의 한을 뼈에 새기던 수술대
위에 뿌려진 정자들, 씨알머리 탓으로
젊은 사내들 떨리던
손이, 벼랑 끝 십자가에 걸려 있다

사슴아
천형天刑의 땅 골짜기 그을린 벽
타다 남은 등잔 심지 돋우어 불 켜 다오
우주바람 타고 올라간 인공위성보다
더 높이, 높이

오늘 아침 바다 저편 유자나무에 무지개 걸리니
까치가 네 뿔 위에 새 둥지 틀겠다

# 일몰日沒

불빛 노을
여울여울 연緣줄 마저 태우고
움직이는 것들은 저마다 바삐 방향 꺾는다
온종일 당산堂山 흔들던, 바람도
달구던 땡볕도
어둑밭에 둥지 튼다
달아오르는 붉은 저녁놀
나는 한 마리 빛을 찾는
불나비처럼 설렌다


백자白磁에 꽂아 둔 동백
발갛게 물드는 행운목 푸른 잎새
또 하루를 닦아낸다


갓 돋아 나온 별빛에
고향집 아궁이 생솔 타는 불길이
스멀대다.

# 입동立冬 근처

가을걷이 끝낸 들판

동원예비군처럼 열병식閱兵式하는 그루터기들

경운기 타고 가을갈이하는 농부가 사열査閱한다

이마에 계급장처럼 번쩍이는 농부의 구슬땀에

우로 봐, 좌로 봐,

구령에 맞추어 숨가쁘게 엎어지고 자빠지며

포복 앞으로, 자세 취하는 그루터기들

따가운 햇살이 겨우살이 온기를 깊숙이 불어 넣어준다

가을 점호 끝난 나는

미루나무 잎들이 부어주는 새 정기 보듬고

가까이서 들려오는 농부네 집 개 짖는 소리 들으며

깊어가는 입동 근처에 서 있다.

# 그림자

대보름날 새벽 태화산* 마루

수정 같은 눈길

자꾸 내 발목 붙잡는다

갑자기 앞서 가는 가쁜 내 숨소리

멈칫, 거울 속 삐에로 같은

일년 전 야윈 나를 들여다보는데

솜이불 젖히며 내 그림자가 벌떡 일어선다


지난 봄 아지랑이 태워 하늘로 올려 보낸

어눌한 내 기도의 응답이

밤새 함박눈 타고 내려

뿌드득 뿌드득 내 발자국 따라 오는데…


*경기도 광주시와 용인시 사이에 걸쳐 있는 산. 높이 694m.

# 병실의 가을

솔잎 바람이
남산 꼭대기에서 달려 내려와
병상에 머물다 숨죽이며 흐른다
주홍빛 햇살이
한강 깊숙이 레이저 빛을 발사하면
시커먼 강 바닥이 황금이빨 드러낸다

밤새 저승사자처럼 울부짖는 태풍
이 악물고 헤매는 나를
빤히 내려다보던 링거주사액
한참 머뭇거리다 한 방울씩 떨어진다
골진 등골에서
인공 뼈 조각이 새 살을 품는지 욱신거린다

쪽빛 하늘 아래 고추잠자리 떼
진홍가슴*으로 가을을 품는
병실 밖 풍경

*지빠귓과의 새

# 보름달

한사리 물때를 타고 달려오는 얼굴

오늘은 동녘 하늘을 등지고

나무 사이로 수줍은 듯 숨는다


동지 밤을 지새우며

나를 원망한 것이 좀 쑥스러운지

슬그머니 내 뒤를 밟는다

새벽 별이 살짝 미소지으며 따라온다


산책길 어두움이 살포시 내리고

꿈속에 내가 크리스마스고지*를 헤매고 있을 때

창문을 기웃거리던 그 때 그 환한 보름달이……


*강원도 양구 북방 문등리계곡 서쪽 어은산(1250m)과 백석산(1142m)
사이 바위고개 : 1952년 2월, 3일 동안 아군과 중공군간 치열했던 이
고지 쟁탈전을 크리스마스고지(Christmas Hill) 전투라고 한다.

# 소실점 消失點

어머니, 오빠가 왔어요!


　여동생은 어머니 귀에다 대고 오라버니가 왔다고 큰소리
로 외친다. 외아들인 내 이름을 들먹이며 어머니는 생채기
난 당신 손을 내민다


　"밥 먹었냐, 배 고프지?"


　난리통에 스러져 간 남편 이름도, 시어머니 잔소리도, 신
식 며느리 말대꾸도 다 날려보내고 남은 역마살 휠체어에
매어 놓은 채 이승과 저승 사이 오가며 소실점으로 밀려가
는
　울 엄니

# 붉은 달

　난리 통 추석 날 아침 서낭당 넘어가는 길, 한 무리 사나
이들이 오랏줄에 과매기처럼 묶인 채 붉은 완장 팔에 두른
패거리들에게 끌려간다. 그 중 갓 서른 넘긴 젊은이가 자꾸
뒤돌아보는데, 돌담 너머 황새처럼 목을 뺀 지어미 눈에는
핏발이 선다. 인천상륙도 모르고 비행기 소리가 무서워 일
찍 잠든 읍내, 철컥, 등기소 철문이 잠기면서 치솟는 불길,
한가위 보름달을 붉게 물들었다. ‘사람 살려’ ‘대한민국 만
세!’ 수 백 명이 악쓰는 소리, 생살 타는 냄새가 천지에 가
득 차도 누구의 귀에도, 코에도 닿지 않는지 하늘엔 달빛만
선 날처럼 시퍼랬다.


　보채는 젖먹이를 먹이려고
　감춰 둔 쌀 한 됫박 몰래 꺼내 오던 아버지
　금테모자 벗고 농사꾼 부모에게 큰 절하는 독신 아들
　코흘리개 나에게 상 밑 흘린 밥알 가리키며
　농부의 피땀 흘린 열매 죄다 주워 먹으라던,
　성탄절 행사 초청장을 호기심 많은 내게 건네주며

아비는 바빠 못 가니 너 혼자 교회에 가보겠냐며
머리 쓰담던 아버지

오늘 밤 활짝 웃는 한가위 달 속 얼룩진 화인火印
우리 아버지 가슴 타다 남은 상처로 보일 수가…

# 사계장미* · 1

함박눈이 햇솜이불처럼 펼치던 동짓날
처음 만난 너와 나는
성에 낀 동백나무로 서 있었다

해마다 진달래가 진한 빛깔 내뿜을 때
우리는 가시덤불 헤치고 하얀 찔레꽃 향기를 맡았고
천둥번개가 돌개바람 갈라놓을 때
잠든 아가 손가락에 봉숭아 꽃물 들이고
장마 갠 하늘 고추잠자리가 맨드라미 위를 맴돌 때
두꺼비 등 같은 손 맞잡고 메밀밭 언덕을 달렸다

첫서리 내린 날
너와 나는 뾰족한 속내 감춘 사계장미가 되어
잿빛 하늘을 향해 오그라드는 꽃잎을 자꾸 펼쳐 보았다


*봄부터 가을까지 계속 피는 황색, 백색, 자색 장미꽃. 잎은 그대로 겨울
을 견디어낸다.

# 사계장미 · 2

간밤 삭풍에 목이 접질린

사계장미 한 줄기

한평생 색동 웃음으로

나와 눈맞춤하더니

성긴 동지 햇살이 아쉬운지

몸통에 가랑잎 처네 두르고

밑동부리로 옛 성터 자리 구들장 깐다

풀 죽은 가시 사이 얼기설기 엉겨 붙어

꿈틀꿈틀 하얀 섬으로 일어서는 동짓날

# 네 입술은 앵두처럼 붉었다

너는 먼저 샘물 들이키는 나를 지켜보던 앵벌

산수유나무 밑에 숨어 익어가는구나

이웃 비둘기들은 벌써 네 이름 잊었는데

빨갛게 달군 네 입술

낯선 사내에게 스스럼없이 내미는,

연신 눈맞춤, 입맞춤하면서

나는 너를 입에 넣고

오물오물 연신 씨를 뽑아낸다

# 초승달

암센터 중환자실 창가
오월 그믐달이 이승과 저승 사이
소실점을 스친다
내 가슴에 비를 뿌린 여인이 희미한 맥박으로
가슴 문 두드린다

한쪽 폐를 잘라내고도
평생 두통頭痛을 이고
마른 억새풀처럼 살더니

사랑해, 사랑해
우리 다시 만나 처음처럼
양쪽 가슴 속에 초승달을 키워요!

풀린 명주 실타래 같은
그녀의 머릿결 쓸어 올려주는 내 손바닥
묻혀 버린 반세기의 회한이 얼룩지고
그 명암明暗에 뿌연 가랑비가 내린다.

# 풍경

눈 덮인 한강 둔치를 걷는데
청둥오리 가족이 갈대밭 헤치고 다닌다


"自强不息"하고 내가 외치면
얼어붙은 강 너머 졸던 네온사인
흠칫 나를 흘깃거린다


밤새 강을 붙들고 있는 낚시꾼들
잠실다리 내뿜는 불빛 성화에
강물은 시커먼 속내만 내보인다


도봉산이 산신령처럼 내민 흰 얼굴
나와 눈맞춤하는 눈 내린 한강 둔치서
눈 나라로 간 그녀 생각이 사각사각 밟힌다

# 한가위 무렵

42


강 따라 나선 산책길

짧아지는 하루 해를 잡고 걷고 있는데

물 속 항아리처럼 커지는 열나흘 달

그녀를 모자이크로 드러낸다, 둥근 달이

3부

# 일그러진 풍경

초록 물결이 갈라 놓은 몽촌토성
서로 귀 기울이는 쌍둥이 석상石像*
깨진 머리통
먼지 낀 이념
얼룩진 눈자위
갈라진 심장에 박혀 있는 소금덩어리
이 시대 물음표다
시위 깃발 흔들며 빠져 나간 양팔
묶여 있던 시간들이
높새바람 타고 날아간다

가부좌도 못하는 돌부처도 아닌 상등신上等身
입 꼭 다문 듯 등신을 다스린다
종일 다니는 웰빙족 바람이나 들이키며
자신의 탯줄 만지작거린다

연못에는
둥근 미륵세상이 찰랑거리고

  *서울올림픽공원에 있는 석상 〈대화〉

# 까치놀

헌 소쿠리처럼 걸린 까치집 앞
늙수그레한 까치 한 마리가 창가의
나를 한참 내려다본다

흩어져 사는 일가친척 다 불러들이더니
듬성듬성 돋아난 내 뒤통수 가리키며
"애들아, 그 때 우리들이 병정놀이할 때
뒤돌아보며 하품하던 그 사람이 또 왔어…"

겨울나무 위에서 시끌시끌한 까치 소리에
방안 사람들이 뒤돌아보면서
"어, 언제부터 까치집이 저기 있었지?
지난번엔 온통 잎사귀만 무성했는데…"
까치놀이 한 목소리로 꺅 꺅
"우리 집은 그때도 거기 있었거든요"라고
대꾸하면서 다시 노을로 치솟는다

# 날갯짓*

우수 경칩 지난 연못
간밤 꽃샘 추위가 철판 같은 얼음 깔아놓더니
쇠말뚝에 매달린 바람개비 무리
황사바람 타고 온몸 비틀며 힙합을 춘다

아침 먹거리 찾아 나선 오리 한 쌍
허기진 뱃살 받치고선
꺼이꺼이―
잔뜩 찌푸리고 종종거리는 나를 향해
연신 살찐 궁둥짝을 살랑살랑 흔들어댄다

황사바람 더 거세게 불어오는데
산수유는 샛노란 눈을 더 크게 뜨고
보조개 웃음으로 간드러지게 내 발길 유혹한다

허공에 맴도는 누런 봄이라도 만져 보고픈
내 날갯짓

*서울올림픽공원 안 작은 연못 한가운데 서 있는 야외조형 작품의 이름.

# 기쁨 · 1

가랑비로 세수하고 나온 아침이다
이슬 맺힌 나뭇잎 사이사이
춤판 벌리는 까치 떼
검은 다람쥐 쏜살같이
상수리나무 오르락 내리락

꾸부정한 소나무 가지 새순
솔잎 포대기 안에서
자목련 십자가 목걸이를 내민다

어슴프레한 오솔길로
내달음치는 걸음걸음에
그늘진 구석구석 스며드는
부활절 종소리

# 기쁨 · 2

올림픽 조각공원
아름드리 조각의* 녹슨 굴뚝 구멍
사람들이 나무등걸, 페트병, 개똥 쓰레기를 마구 집어넣는다


검붉은 불꽃이 굴뚝 꼭대기 피뢰침을 달구는 잿빛 연기에
뭉게구름 속을 드나드는 대낮 보름달
나에게 긴급 메시지를 보낸다
둥지에서 알 품고 있는 굴뚝새를 보호하라고
나는 초조한 눈빛으로 굴뚝새에게 신호를 보낸다


내 초조와 안달이 굴뚝에서 연기처럼 피어오른다


*올림픽공원에 있는 야외조각 "열반의 길"

# 마마<sub></sub>Mama*

올림픽공원 한 구석 모체의 석상石像 하나를 본다


무쇠가죽 쓴 아들 사형제가 알몸으로*

언덕 너머 황금 엄지손가락* 바라보며

나란히 줄 서 가는 길 모퉁이

눅눅한 가랑잎 베고 누운 마마, 홀어미가

허공을 움켜쥐고 노산老産중이다

머리가 떨어져 나간 채 맨 앞서 가는 무녀리는

한 번도 뒤돌아보지 않는다

아― 아악

아랫도리 끊어지는 진통

저승 문턱을 넘나드는 숨결

핏덩이가

빈 항아리 이랑 사이 젖가슴을

풍선처럼 물고 있다

귀뚜라미가 부르는 생명의 찬가

황금 엄지손가락이

화답하여 하늘을 가리키고

북극성이 반짝반짝 내려온다



* 서울올림픽공원 안에 있는 야외 조각상의 이름

# 아기 봄

샛노란 유치원 버스가 지나간다
담장 옆 산수유나무 가지에서
갓난 아기 손가락 같은 것이 꼬물거린다
아기 봄을 폈다 오므렸다 한다

활짝 열린 베란다 문으로
샛노란 봄이 성큼 들어선다
붓 끝 같은 초록 난초 잎
땅의 젖줄을 물고
하늘을 향해 뾰족한 해머를 쳐들었다
곧 땅 한 자락 점령하려는 듯

# 아직 할 일이 있어

나의 알몸이 풀장에서
통나무처럼 떠서 허우적댄다
장마에 떠 내리는 나무둥치처럼,

느릿느릿 두 팔을 좌우로 흔들며
온 몸으로 방향키 잡는다
어미 뱃속 양수羊水에 떠 있는 태아처럼…

뻣뻣한 나무껍질 같은 내 등골에도
갯솜 같은 날개 돋을까
통나무 같은 몸으로
새벽 노을에 마상이 한 척 달구어
노 저어 새벽 강 건넌다

# 언약


두런 두런 씨알 영그는 소리

구령□슈없이도 해돋이에 도열한 해바라기 한 무리

밑동엔 태풍이 할퀸 자리 시커멓게 얼룩졌다

함박웃음, 탱글한 얼굴들이 지구를 돈다

나도 부채춤 추는 노랑 잎 한가운데 끼어

가을 햇살에 검게 그을려 영글어간다

강 건너 개척지로 데려다 준다던 그 새는 언제쯤 오려나

봄부터 나와 약속한 말의 씨알들,

나는 행선지로 날아갈 채비를 서두른다

# 엄지손가락 像* 부근

조각상 엄지손가락이 새털구름을 가리키고

연분홍 햇살 머금은 거푸집 철쭉

새싹에게 봄을 넘겨주고 그늘 속에 묻힌다

연못 속에 물구나무 선 철쭉, 새잎 왈츠 춤에

홍단풍 손바닥 빨갛도록 손뼉 친다

* 서울올림픽공원 입구에 서 있는 야외조각상

# 외짝

목련 잎 하나

내 발자국 소리 듣더니

발그레 웃음 머금고

구멍 난 양말 코끝에 살짝 내려앉는다

엄지 발가락이 움찔한다

아직 성한 양말 한 짝

제 짝 기다려 줄까

# 외도에서

된바람, 마파람 막아내며 커가는 외딴섬

호박 덩굴같이 손길 내미는 천국계단

날마다 열대 초목들이 백팔 번 오르내리고

비너스 딸들의 지분냄새가 괴어 있다

땅따먹기하던 사내 아이들이 맨발로 달리어온다


후드득 후드득

벼랑 끝에 장막을 드리우는 빗줄기

잡풀 덮인 돌계단을 딛고

일어서는 돌기둥 십자가

여체처럼 젖힌 얼굴, 눈물 머금은 눈매

코시안Kosian*을 잉태한 어미태가 난다


안개비 걷힌 수평선

장수잠자리 날갯짓에

삼천세계가 파도 타고 온다


  *한국인 아버지와 동남아시아 출신 어머니 사이에서 태어난 자녀를 이르
  는 말

# 젖멍울

누런 조각상 엄지손가락*이
녹음을 불러 일으킨다
철쭉꽃이 밤새 보슬비 속에서
관솔 같은 조각상 손가락을 쓰다듬더니
가슴이 발갛게 멍들었다

잿빛 가슴 설레게 하는
봄의 화신花神들,
겨우내 숨겨두었던 새싹에게
젖줄 이어주는 저 앙증스러움

도드라진 여인네 가슴처럼
봄을 앓는 봄 뜰에서

    * 서울 올림픽공원 입구에 있는 조각상의 이름.

# 칡덩굴

최장 터널 1500m 뚫는 오봉산* 고개에는 노병老兵이 마지막 부르던 '남십자성' 노래가 묻혀 있다. 문득 가냐른 칡줄기가 노병에게 다가와 연둣빛 쌍수를 들고 눈맞춤한다. 선뜩 제 뿌리 잘라내어 낯선 내게 갈증 풀어주고 베트남 싸움터로 가는 전우의 발목 어루만져 주던 칡순이다.

콩밭 매던 홀어미 손길처럼 까칠까칠한 입 줄기

고개 넘어 흙 무덤 돌무덤 제쳐가며

슬픈 이야기 들려준다

퍼뜩 깨어난 노병

얽히고 설킨 시간의 덤불 질깃질깃 뻗어온 내 궤적처럼

말없이 허공에 서린 새 기운 들이마신다.


* 강원도 춘천과 화천 사이에 있는 산(해발 779m) : 1960년대 이 산 아래 화천 땅 오음리에 육군파월교육대가 있었다.

# 4부

# 하마비*<sub>下馬碑</sub>를 더듬는다

부슬비 내리는 한식 저녁
아비와 할미의 유골단지 껴안고
생가 터를 멀거니 바라보다가
느티나무 아래 하마비를 더듬는다

난리통 추석 아침
오랏줄에 묶인 채 끌려가던 아버지
마지막이 될지도 모를 외아들을 바라보는
돌담 너머 목을 뺀 어머니와
핏발선 아버지의 눈빛이 보인다

외길 건너 향교 앞 희미한 태극문양 위로
절하는 도포자락 어르신네 모습이 보이고
청나라 장수 용골대의 옛 놀이터인 산마루
피맺힌 진달래가 번지고 있는 게 보인다

아스팔트가 덮어버린 곱돌재 너머

서해안고속도로에 세차게 부는

남서풍 어둠 속을 내달리는데

아랫도리가 찢겨진 느티나무가 보인다


* 충남 서천군 비인면 성내리 옛 성문 밖 향교 건너편 길가에 있는 표석.
지위고하를 막론하고 모든 행인은 이곳을 지날 때 말에서 내려 지나가
야만 했다.

# 흔들리는 뿌리

용골대장수*의 병정 놀이터 월명산月明山,
거미줄 같은 방공 레이다망에 걸려 있다
벌거숭이 백사장 빈 트럭 한 대
썰물 따라 꽂게 잡던 쌍도雙島 쪽으로 굴러간다

무너진 천년 고을 감도는 지장내
내가 멱감다 가재 잡느라 제껴 놓은 돌들이
갈라진 개울바닥에 발랑 누워
패잔병 해골처럼 나를 휑하니 올려다본다

나의 탯줄을 묻고 삼대가 살던 감나무 집
돌담 사립문을 더듬는데
싸늘한 철제문이 덜컥 열리고
할미꽃 한 송이가 다가온다
"워매, 이게 누구여! 거시기 아니여… 참말로 오래간만이구먼!"
앞집 소꿉동무 언년이

나의 가느다란 뿌리가 흔들린다

충청도 비인현 성안

묻혀 버린 옹달샘 터에서.


*병자호란 때 남한산성을 포위하고 인조 임금의 항복을 받아낸 청나라
선봉장 : 야사에 의하면 그는 현 충청남도 서천군 비인면 성내리에서 출
생, 성장하여 후일 함경도에 가서 무과에 급제했으나 천민 출신이라는
이유로 등용되지 못하고 만주로 건너가 청나라 조정에서 중용되었다.

# 새벽 꿈

푹신한 이불 속에서 하얀 꿈을 꾼다
이불깃 위에 검은 발자국이 어지러이 놓여 있다


꺼억— 꺼억 꿈 속에서
장끼 한 마리가 식솔들 늦잠을 깨워
눈꽃 속에서
아침 먹거리를 찾아 나선다

# 초여름

갓난아이 젖살 같은 오이 위로
개미떼가 먹줄처럼 기어오른다


목장 주인이 얼룩 젖소 풍선 가슴을
칡뿌리 같은 두 손으로 훑어 내린다
소금기 배인 젖소 체취에
잠시 숨 돌리던 사내
쭉 허리 한 번 펴고
뭉게구름에 취한다


지켜보던 미루나무 그늘 밑에서
뭉개지는 나를 물끄러미 바라본다.

# 고구마

책보자기 둘러메고 축 처진 사립문 밀며 들어서는 아이
에게 모시 길쌈하던 할미가 부엌문 가리키며 개떡 갖다 먹
으라는 말에 아이는 건성 대답하며 멍석 위에서 꼬들꼬들
말라가는 찐 고구마에 자꾸 눈길 보낸다

칠순 잔치 갔다 오는 아들에게 치매 걸린 어미가 도리깨
꼭지 같은 손 내밀며 "밥 먹었는가?" 묻는 말에 아들의 눈
시울이 붉어지며 침침해지는데 보름달이 아파트 창문 열고
군 고구마 같은 배를 불쑥 내민다

# 늦은 후회

흰둥이 개 한 마리가 파랗게 물들인 머리에 남빛 배자 걸치고 꽃신에다 유모차 타고 지나가며 토끼 눈보다 더 큰 눈망울 굴리면서 공원 사열한다. 늙은 상궁 따르는 공주마마 행차인 듯, 산책길 아침 해가 피식 웃는다.

나는 새벽마다 문 열고 찌푸린 얼굴로 십 년 키운 개가 질펀하게 갈긴 똥 오줌 아무렇지도 않게 치우면서 건넌방을 한 번 바라본다. 거기, 미라 같은 노모 병구완 십 년 동안 내가 한 번도 치우지 않은 대소변, 내 양심을 울리는 노모 얼굴이 겹친다.

# 등신<sub>等身</sub>


아들이 팽개친 헐렁한 신발을 신고 걷는 눈길

발자국마다 내 속내 측은지심惻隱之心 드러낸다

옛 전우가 물려준 반코트

눈 오는 아침 이렇듯 내 얼굴 환한 주름살 펴 줄 수가…

내 묵은 가슴 씻어내는 후리지아 향기 같은 눈길

배시시 입가에 벌어지는 미소

침침한 눈 비비고 팔등신 곁눈질하듯

나, 등신等神인지, 화상和尙인지!

# 몽당연필

미루나무 새 잎새 같은 손녀가 영어로 보낸 e-메일
"할아버지 생일 축하해요!"
새끼줄처럼 써 내려간 일기장 속에
활짝 웃는 손녀의 보조개가 더 깊어 보인다

안경 쓴 내 얼굴 그리던 몽당연필 한 토막
책상 밑에 떨어져 주인을 잃어버렸다
손녀딸 무딘 연필 끝을 깎아낼 때마다
나풀나풀 뛰놀다 사라지는 손녀
무용하는 발 놀림이 둥근 세상을 그린다

불쑥! 길바닥에 실타래처럼 풀리는 손녀딸 울음소리
새끼손가락보다 더 짧아진 몽당연필을
볼펜자루에 끼워 쓰면
그 키도 그만큼 늘어나겠지

# 비몽사몽非夢似夢

겉옷을 입는둥 마는둥 총알같이 밖으로 뛰쳐 나갔다
내 앞을 휙 스치고 지나가는 놓친, 통근 버스 안에서
김 과장이 히죽히죽 웃고 있었다
눈을 번쩍 떴다, 꿈이다

간밤 취기가 이제야 깨는 성싶다
취중에도 뇌파는 일상에 닿아 있어
비몽사몽간 내 몸은 충견처럼 달린다

하얀 새벽을 여는 까치소리
쌩쌩 달리는 차들의 소음
천정 도배지 무늬가 또렷해질 무렵
부엌, 떨그럭대는 아내의 투정어린 한숨소리
천근만근 내 몸을 번쩍 들어올린다
나는 부웅 떠서
지구 밖으로 날아간다

# 설날

   부챗살 같은 고목나무 가지 꼭대기 까치집 세 채가 나란
히 버티고 있다 아랫집 뒤꼍 삭정이에 달랑 하나 매달린 빨
간 까치밥 쏘아보던 까치 할미가 땅거미 속에서 피는 까치
놀에 오작교 이고 벗겨진 대머리를 내밀고 꺅—꺅—

아들 내외는 그냥 까치동저고리 바람으로
까치머리 손자손녀는 까치걸음으로
뽁뽁 입맞춤하는 까치설날 온통 둥지가 출렁인다

해묵은 까치수염 위에서 살짝 웃는그믐달의 보조개
까치둥지를 어루더니 새 하늘과 땅이 기지개를 켠다
이전에 사그라진 까치봄이 살짝 고개를 내민다

# 자화상

마른 오동나무 잎새 하나
찢어진 튜브조각처럼 납작 땅에 깔려 있다
등골 사이 뚫린 바늘구멍들
숨 가쁘게 살아온 날들의 내 흔적 같다

바람에 이리저리 뒤채는 잎을
가지 하나가 물끄러미 내려다본다
나무덩치로 쓰임새 많았던
그 당당하던 푸르던 날
기억하는가

마구 밟고 가는 사람들
누구도 아는 체 않는
나를 물끄러미 내려다본다.

# 주름꽃은 아름답다

첫돌 사진 속
세일러복에 실타래 놓였던 명命 몇 가닥이
어느결에 환한 비단 저고리 입고
귀밑 흰 서리 빛 머리카락 흩날린다

아들이 건네준 비행기표를 만지작거리는데
"할아버지, 오래도록 건강하게 사세요."
큰절하는 토끼 같은 손자손녀의 모습에
정한수 떠놓고 빌던 할머니와
항아리에 겨울 새벽을 이고 온
어머니의 찬 손이 겹친다

빈 까치집 위로 쏟아지는 햇살 너머
늙은 고양이 눈이
동그란 내 돋보기 안경알처럼.

# 증언

갑자기 어금니 하나가 내 밥 숟가락에 툭 떨어지더니
멍하니 입 벌리고 있는 나를 올려다 보고 하는 말!

피난 길 풋보리 죽과 칡뿌리, 훈련소 쓴 무 된장국, 묵은
납작 보리밥, 파티에서 역한 치즈 덩어리에 보드카, 별난
먹거리들, 무말랭이 무침처럼 버무려 당신 목숨 부지해 주
었소.

이국 아가씨가 덥석 입에 넣어 준 파인애플 물고 능금처
럼 달아오른 양볼, 입맞춤 할 때 유난스레 펄떡거리던 가슴
그 때마다 달콤한 침 묻혀 당신의 타는 목구멍을 적셔주었
소.

나는 부러진 어금니를 물끄러미 쳐다보다가
퍼붓는 빗발 속 플라타너스에게 휙 던져 버린다
처음 빠진 내 젖니를 할머니가 지붕 위 박 덩굴에게
던지던 것처럼

# 5부

# 당신이 차린 밥상

뉴욕 스카이라운지 '세계평화'를 연발하며 높이 들던 붉은 와인 잔이 테러공격 부르는 혼불의 환각제가 될 줄이야! 고엽제 덮인 베트남 정글 판초 우의 뒤집어 쓰고 허기진 배를 채운 C레이숀이 외화벌이 잔치 밑반찬이 될 줄이야! 개다리 밥상머리 꽁보리밥 비벼 먹은 풋마늘 고추장이 삭아 가는 내 육신에 평생 항암제가 될 줄이야!

당신의 제단에 촛불을 켠다

그 때 당신이 차린 밥상에 어리던 환영

보리빵 다섯 개로 배불리 먹인,

왠지, 오늘은 당신이 차린 밥상에

냉큼 다가앉아 먹지 못하고

얼찐거리는

# 검은새·1

북극성 스러진 인디안 평원
배고파 울던 검은 새 한 마리
꿈 속을 헤매는 내 머리 속 휘젓는다—


한낮 우편함 앞에서 서성대는 내게
지평선 노을 노려보는 내게
왈츠 춤 추던 검은 새 한 쌍이
"어서 등잔에 기름이나 가득 채우시죠"*라고!
한 마디 덧붙인다


*신약성서 마태복음서에 나오는 예수의 항상 깨어 있어 그 날을 예비하
라는 열 처녀의 비유에서 인용 : 신랑을 맞으러 나간 처녀 열 사람이 밤
늦도록 기다리다 잠든 사이 갑자기 도착한 신랑을 미리 기름과 등불을
마련해 둔 슬기로운 다섯 처녀만 맞이할 수 있었다.

# 검은새 · 2

체로키* 땅까지 따라온 검은 새
창가에 매달려
간밤 설친 나를 흔들며 소리친다
"새 아침이 밝았어요"

봇물처럼 터진 파란 새 아침
흙탕물에 쓸려 간 그 새가
시퍼런 단풍잎 하나 물고 찾아와서
마른 내 눈꺼풀 촉촉이 씻어준다

불꽃놀이 축제 한 마당
밤새도록 춤추던 검은 새 한 쌍이
담갈색 깃털로 바꾸고
숲 속 옹달샘만한 하늘 가장자리
빗금 긋다

* 체로키(Chrokee)―미국 조지아주의 원주민으로 백인들이 강제로 오클
라호마주로 이주시킨 인디안 부족

# 몽골 여행길에서

말 타고 질풍같이 날아가는 계집아이

빨간 볼이 능금처럼 노을 속에 걸렸다

보름달이 은근히 말고삐를 붙들고 있다

눈보라가 서낭당에 매달린

오색 주문呪文들을 흔들어대고

벙거지 같은 게르* 조용히 엎드렸다

불 꺼진 난로를 뒤척이는 내 귀에

멀리서 은은하게 뻐꾸기 울음 들린다


환생한 테무진**이 달리는 서역 만리 길

계수나무 아래

하얗게 삭아가는 낙타 정강이 뼈 하나

노다지 빛을 띠고

문틈으로 스며든다


* 게르(ger) : 몽골 유목민이 이동하며 기거하는 천막, 일명―빠오
** 테무진(Temujin) : 1206년 몽골제국을 세운 칭기즈칸의 본명

# 옥수수의 기억

이국 땅 에어컨 옆에서
잘 생긴 삶은 옥수수에 버터를 발라 뜯어먹던
옥수수는 달콤하고 졸깃졸깃 맛있다


천년 전 인디안들이
온 식구가 화톳불 가에 둘러앉아
할애비와 아비가 사냥한 고기를 곁들여
뜯어먹던 푹 삶은 옥수수
그때, 지평선 끝엔 저녁노을이 더욱 뜨거웠을 게다


DMZ 녹슨 철책선 병사들
땀과 먼지로 맥질한 얼굴로
허기져 뜯던 삶은 옥수수 그 맛
구수하고 쫄깃한
강원도 사람들 풋풋한 인심이 있었을 게다

# 새해 아침

단잠 깬 몽촌토성 해맞이로 술렁댄다

아직도 동편 하늘 연무煙霧에 갇혔는데

환희로 메아리치는 동트는 골짜기

소원을 밧줄에다 빼곡히 매달고는

왜가리 목처럼 빼고 해돋이 기다린다

짓뭉갠 눈 속에서 빼꼼, 내다보시는 神

# 성토盛土 길

깨진 옛 자배기가
화단 모서리에 엎드려 있다


잿물로 광낸 밤콩 씨알들을*
불어 닥친 수입 바람에 몽땅 날려 보냈다


독에 잿물 받는 아낙네 몫이던 풍습도
콩깍지처럼 바스러져 간다


재개발지역 성토길
오래된 가마터
하눌타리 씨가 자리잡아 새 자릴 튼다


* 농부들은 잿물에 씨앗을 담가 병충해 방지로 소독을 했다.

# 흙더미 · 1



엉겅퀴 덮인 논고개*
푸른 하늘을 한 아름 안고
강 건너 온 몇몇 사람들, 빙 둘러서서
흙더미에 질화롯불 같은 '믿음' 을 심었다
겨울바람이 문풍지를 스치는 밤
엇갈린 박자도 천국의 음악이 되어
'임마누엘' 로 화답하였다


강산이 변하고, 또 변하는 사이
겸손이 흙더미를 밟고
젊은 모니카 일어서서
질화로 불씨로 뜨거워진
가슴을 활짝 열고
고갯마루 빌딩 숲을 보듬으려고
다시 산성을 쌓아 올린다


하늘과 별이 잘 보이는 빈 집

그리스도의 몸이
성큼 들어선다

# 흙더미 · 2
—성 모니카 새 성당 축성식에서

축성식 나팔 소리 논고개를 깨운다
고갯마루 바벨탑*들 이제야 문을 열고
오랜 장막을 한강물로 헹구어 펼친다


흙더미 속에서 젊은 모니카가 질화로 불씨를 꺼내
가슴 가슴에 불을 지핀다
지천명知天命을 바라보는 그네들
날카롭게 벼린 곡괭이로 열길 땅 속 바위를 뚫어
열두 기둥을 세우고
바위틈 생수를 퍼 올리며 저잣거리에 대고 외친다


"목마른 사람 다 나오시오.
새 주막이 문 열었으니
돈 없는 자도 나오시오!"


모두 비지땀 훔쳐내며
찢긴 손등 들여다 보는데

문득, 하늘에서 새 장막이 내려온다

문 열고 들어서는 새 주인

천국의 열쇠를 모니카에 건네주며

나직이 미소 지으며 속삭인다.



* 구약성서 창세기에 나오는 탑, the Tower of Babel : 방자하고 교만한
  사람들이 하늘에 오르는 높은 탑을 세우려 했으나 하느님의 저주로 그
  들 사이에 서로 다른 방언을 쓰게 하여 의사소통이 불가능해졌다.

# 그때도 하늘은 푸르렀다

한강의 짙은 안개 속에서 북녘으로 가는 기러기 울음 소리에
스쳐간 한 선한 사마리아 사람*을 찾아 나선다


2대 독자로 갓 태어난 내 알몸을
온 고을에 자랑하던 극성스런 할머니
국군이 돌아온 그 날
붉은 사내들 손에 불타 죽은 내 아버지 삭망朔望에
건성 곡哭하던 나는 열살 철부지였다


장마철의 베트남 아침 시장 길가 펼쳐 놓은 주검들,
꽉 움켜쥔 손가락 사이 지문 채취 기계의 손놀림
소리 없이 흘러내리던 그날의 슬픔 처절했다


한동안 목에 힘주고 활개쳤던 계엄령 내린 그 가을
내게 마지막 훈장 달아주고 돌아가신 그 어르신 생각난다


동틀 무렵 워싱톤 낙엽 길 달리다 넘어진 나

이국의 간호사가 부축해 주는 목발 짚고

절름발이인 나를 멍청이 내려다보는 이국 하늘은 푸르렀다.


* 신약성서 누가 복음서 제10장에 나오는 한 율법교사의 "내 이웃이
누구입니까?"라는 물음에 대답하는 예수의 비유에 나오는 주인공.

# My Poems in English

# 바람 부는 빈 들

제멋대로 불어대는 봄바람
밤새도록 방문을 두드리더니
아침엔 내 얼굴에 두드러기를 피운다

겨우내 바람이 뭉개고 간 빈 들
희미한 발자국 패인 곳에서 웅크린 마른 풀 하나가
잊혀진 여인의 속적삼 매듭단추처럼 풀어진다
아무리 바람이 불어대도
풀뿌리는 붙박인 내 발자국에 매달려 있다

어디서 와서
어디로 가는지 알 수 없는
빈 들 가운데서

# Who Pummeled the Barren Field?

All night long
the spring wind blew—
knocking on the door.
This morning
I find my face swollen from a nettle's sting.

Over the barren field pummeled by the wind
all winter long,
as if a maiden shyly unbuttoning herself,
the cowered grass slowly reveals the crumbly path
whereon I once left my footprints.
Amidst the barren field
from whence the wind comes
and whither it goes.
Who knows?

# 얼굴

묵은 초가지붕 위로 쭉 뻗친 감나무 꼭대기 홍시 하나, 호
젓이 버티고 있다. 엊저녁 노을 빛에 더 짙은 홍조紅潮 띄더
니 망사網紗 햇살에 비친 제 몸 들여다본다

첫서리 내린 냉랭한 허공 한 자락 팽팽히 거머쥔
얼굴 하나

# A Countenance

A mellowed persimmon hangs still
atop the ebony branches
stretching over the tiny old thatched roof.
Deeply glowing in the last twilight,
it now peers into its body illumined
by the diffused sunrise.

On the first frosty day, its countenance grasps
a piece of the frigid air.

# 잡초

내가 바람의 날개에 홀씨로 매달려
한강 둔치로 날아간다면…
강 옆 물길 찾아
쑥쑥 자라서
열매라도 달고 있으면
내가 부르지 않아도
배고픈 벌레와 새들이 찾아올 게고
새파란 고들빼기로 뿌릴 내린다며
봄 밥상에도 오르기도,
아이들 홀씨놀이에 머물기도 하고
때론 짓밟히고 뭉개지면
펌프질로 희미해져 가는
나를 일으켜 세울 거라!

# A Weed Spore Speaks

As a weed spore

clinging to the wings of the wind,

I fly to the Han riverside.

Exploring the watercourse underneath,

I alight, swiftly sprout

and bear meager seeds.

Uninvited, poor birds and insects come to be filled.

Were I a dandelion,

I could be on a spring table,

or I could be with children blowing me for fun.

I am trampled and crushed.

And even as I am faint,

I find myself raised again.

# 지하철을 타고

오르막길 내리막길 달려온

저마다 다른 길을 밟고 온 신발들

검정 구두, 흰 운동화, 갈색 부츠…

많은 길들을 싣고 순환선은 달린다

# Riding the Subway

After scurrying about
on different paths,
and now resting on the train is the footwear;
black shoes, white sneakers and brown boots.
Laden with those manifold paths
the underground metro circulates.

# 下山

손짓하는 조개구름 앞질러 올라간다
참나무에 탁 부딪쳤다
번쩍 눈앞에 노란 별이 떨어진다
그 때 누군가 뒤에서 얼른
떨어진 모자를 주워 다시 씌워준다

점점 느려지는 내리막길
"어이쿠" 펭귄 배를 하고 가랑잎에 벌렁 나자빠진다
후드득 후드득 오락가락하는 장대비 쓴 웃음
빗방울로 뒤범벅된 내 얼굴, 낙엽 한 장 철썩 들러붙다
찢긴 가랑이 사이로 시방세계十方世界가 보인다.

# Descending the Mountain

Ascending uphill ever speedily
as signaled by the wispy clouds,
I suddenly slammed into an oak tree.
And I saw stars flashing in my eyes.
At once someone behind me picked up my hat,
and placed it back on my head.

Descending downhill rashly—
sliding on the leaves, "Ouch"
I've fallen flat like a dead toad upside down.
It's drizzling—
raindrops splashing on my face mix with
a maple leaf falling—I smile bitterly.
Then, looking backward between my knees,
I see the world anew.

# 탐조등 探照燈

하늘을 오르내리는 사닥다리, 시나이산
한밤중에 실로암 물로 눈 씻고
올려다보니
목련꽃이 매달린 듯 큰 별
모시조개처럼 깔린 작은 별들
한 데 어우러져 메밀꽃 바다로 출렁인다

끝없이 환한 파도가 밀려오며
온 몸을 적셔준다
십계명을 받아 쓰던 모세의 손에
불빛이던 흰 별,
동방박사들을 이끌던 붉은 별
한강 건너며 마주친 북극성
홍해바다를 건너온
모두 그 모습 그대로

이방인이 들어올리는 빈손에

푸른 별 한 개 내려온다
낯선 길 머뭇거릴 때마다
주먹 펴서 바라보아야 할 빛

# A Guiding Light

On Mount Sinai—
A ladder stretches forth
to the heavens
to ascend and descend.
Washing in the pool of Siloam at midnight,
a goy lifts his eyes to the sky.

Filling the sky,
large magnolia-like stars
and tiny clam-like stars
join one another and ripple
as if a field of buckwheat.
And, as radiant waves,
they surge endlessly,
soaking me wholly.

Once, a white star shone on Moses
receiving the Ten Commandments;

a red star led the Magi,
and the pole-star encountered the refugees
crossing the Han.
These stars now stir across the Red Sea
remaining unchanged as before.

The goy lifts his empty hands
and upon them a blue star descends.
And faltering on the pathway unfamiliar,
to view the light he opens his hands.

# 이사 가는 날

애면글면하던 것들
자꾸 버리고 또 버린다
닦고 털어내던 가구, 번쩍이던 옷가지, 밑줄 친 책
시들해져 내다버린다
버릴까말까 하던 이삿짐처럼
나도, 나를 가끔 버린다
누군가가 내 인생도 저울질 할 테지만
이삿짐과 함께 실려 가면서
내 반쪽도 버리고 간다

# Relocating

I throw away

things once obtained by toil and sweat:

Furniture often dusted and polished,

dazzling old garments and books I used to underline.

Tedious and feeling them no longer useful,

I simply get rid of them.

Now and then I want to throw myself away,

as if something cumbersome

but then I hesitate—

maybe my life has little weight.

So I'd rather leave just half of myself behind,

loading the other half alongside the crates

on the moving van.

# 환성 歡聲

쏴아ㅡ 쏴아ㅡ

장난감 모래집 한 채를 집채만한 파도가 삼켜 버린다

까르르, 까르르

손잡고 신나게 넘어지는 알몸 쌍둥이 손주 남매

갑자기 쌍도* 위로 구름덩어리가 시커먼 엉덩이를 까고

주루룩 주루룩

손주 놈이 어! 할아버지

"하늘 오줌 싼다!"

환성 터트리는 쌍둥이 남매

손바닥 위에서 소나기가 갯바람과 탭댄스한다

신이 난 아이들

꿈의 모래성 쌓고 있는데

토끼 같은 남매 머리 위에

하늘로 오르는 무지개가 사다리 놓는다.


* **雙島** : 서해안 비인만에 있는 작은 무인도로 밀물 때 바다에 잠기고 썰
물 때 뭍과 연결된다.

# A Shout of Joy

Crash, crash—
Sweeping breakers swallow a toy-like sand house.
Giggle, giggle.
Bursting out laughing,
excitedly holding their hands together,
naked twins, brother and sister
tumble down to the water's edge.
Suddenly, over Twin Island
a massive dark cloud nears and exposes its hips;
Tinkle, tinkle—
"Look, Grandpa, the sky's pissing"
Joyfully shouted the twins.
On their open palms,
the shower tap-dances in the breeze.
The twins build anew a sand castle
of their dreams.
Over their cherubic heads
a rainbow descends and builds a ladder,
stretching forth to the sky.

# 목발 한 쌍

조깅하다 넘어져 무릎이

금간 종지처럼 깨졌을 때

마라톤하다 뒤틀린 등골이

두 갈래 링거줄에 매달렸을 때

산책길에 나둥그러진 발목이

갈대 허리처럼 부러졌을 때

창고 구석에 처박혔던 한 쌍의

목발이 나를 일으켜 세웠다

전생에 저 목발은 나의 수족이었을까

하느님이 덤으로 주신 다리일까.

# A Pair of Crutches

Fallen when jogging, I had my knee broken
like a cup cracked ;
Damaged by running, I had my spine mended
like a truck rebuilt;
Slipped when walking, I had my ankle fractured
like a reed bruised;
Then, I rose again on a pair of crutches
the ones I had put down in the barn and forgotten.

I wonder whether the crutches were parts of my body
in a former life,
or if they were add-on legs granted by God
in the present life?

# 짧은 여정

아메리칸 인디안 땅 대학 교정
시계탑만 바라보며 한 삼년
신용 카드 하나 없이 살았었다
허리가 늘어나고 발걸음도 더디고
눈빛도 흐려졌었다.
양손 들고 온 헌 옷 꽉 찼던 가방,
고난의 허섭스레기, 가방 속에 담아 획 던진다
평원 끝에서 비행기가 천천히 다가온다
나는 귀국 트랩을 밟으면서
홀가분했다.

# Unburdened

Once I lived a life of roughly three years
in the land of the American Indian,
idly watching the tower clock frozen in time,
holding not even a credit card.
A suitcase full of secondhand garments
I'd held tightly with both hands
is now cast away - containing trash only.
An airplane on the horizon approaches.
Stepping on the boarding ramp,
I find my heart unburdened

# 이방인

새벽 잠 깨우는 새 울음소리가 심상찮다
고향 집 제비소리 같아 그냥 맨발로 뛰쳐나가
사지를 흔들며 두리번거리는데
한강에서 본 듯한 잉어가 연못에서 튀어 오른다
초원 끝자락에서 솟아 오르는 지구만한 햇덩이
토용土俑같이 서 있는 내 몸을 후끈 달군다
나는 붉어지는 하늘과 소통한다

미국 독립기념일 퍼레이드
세상의 모든 종족들이 한 데 여울져 흐른다
길 모퉁이 기대 선 이방인의 선글라스 안으로
밀려드는 성조기 물결
거침없이 그 원색의 눈빛, 몸짓,
함박 웃음이 나를 보듬는다

아담의 원죄도 백팔번뇌도 다 묻어 버린
여기 태초의 땅에 내가 다시 태어난다

어눌한 몸짓으로 저들 따라 그냥 한 목소리 낸다
아름다운 이방인의 아침이다

# An Alien

Awakened at dawn by a bird's unusual song

I dash out of the room barefoot,

seeing if it's a swallow from my homeland.

Stretching my members at the lakeside

and looking around,

I find a carp leaping from the water.

It appears to be one I once saw in the Han River.

Rising at the edge of the plain

is the fireball-like sun as large as the earth.

Its warmth spreads within me

as I stand as though a tomb figure.

Now I commune with the reddening sun.


At the 4<sup>th</sup> of July parade,

the multitude of races flow together as a rapid.

Wearing a pair of sunglasses,

I am standing on the street corner

as the Stars and Stripes surge into view.

Casually I am embraced by genuine eye contacts,
waving hands, and bright smiles.

On this primal land,
I am born anew,
having buried Adam's original sin
and the Buddha's 108 passions as well.
Awkwardly, I try to add my voice to those of the natives,
simply repeating after them.
O what a beautiful morning for an alien it is!

# 목소리

하늬바람, 구름 사이로


끝물 가지 같은 초승달이 밀려간다


늦잠 깬 브랑코* 한 마리가


텅 빈 평원을 가로질러 달려간다


새벽 꿈속에서 들은 희미한 당신의 목소리


* 브랑코(broncho)－미국 중서부지방의 야생마

# A Voice

By a zephyr

from between the clouds

a new moon looking like a dying eggplant

is elbowed out.

A bronco, awakened from oversleeping,

runs across the empty plain.

Your faint voice heard in a dream at dawn

resonates.

# 브랑코

땅 위엔 메시아 합창이 퍼진다


바로왕*에게 되돌아가려는 길


서편 하늘에는 핏빛 노을 불기둥처럼 멎었다


동편 하늘에는 한 떼의 브랑코*가


구름 기둥처럼 지나고


나는 멕시코만의 거센 바람과 함께


오래간만에 눈 덮인 인디안 평원을 달린다


* 바로왕(Pharao)—구약성서에 나오는 이스라엘 민족이 이집트를 탈출
  할 당시 왕조
* 브랑코(Bronco)—미국 중서부지방 평원에 사는 야생마로 중부 오클라
  호마대학교(UCO)의 상징물.

# Bronco

Over the earth

resoundingly the choir sings Messiah.

On the way returning to the Pharaoh,

in the western sky

the blood-red twilight halts

as did the pillar of fire

and in the eastern sky

a herd of broncos cross

as did the pillar of clouds.

Along with the gale from the Gulf of Mexico

for the first time in a long time

I run across the plain

covered with snow

like a bronco.

# 해학적, 풍자적 이미지의 신선미 충만

홍윤기
일본 센슈대학 대학원 국문학과 문학박사
한국외국어대학 [한국시] 담당교수
국제펜클럽 한국본부 고문

김진섭 시인의 시세계는 삶의 형식에 충실한 뛰어난 해학적, 풍자적 경향의 시편들을 담고 있다. 언어가 사고思考의 용기容器라고 한다면 빼어난 현대시는 어김없이 우리들의 생生의 참다운 노래의 용기다. 김진섭 시인은 해맑은 서정적 시의 바탕에서 릴리시즘의 진수를 맛보게 하고 있다. 그는 흔한 제재를 가지고 종래의 시와 유형을 달리하는 새로운 시 구성의 전개를 충실하게 형성한다.

그는 오늘날 우리가 당면하고 있는 생활 문화의 다양한 변이 속에 전반적으로 저항 의지 두드러진 문명비평적 시세계를 형상화시키고 있어 주목하고 싶다. 특히 오늘의 많은 시의 소재가 진부하고 또한 매너리즘에 빠진 틀에 박힌 유형적인 묘사에 치우쳐 독창성이며 참신성이 결여되고 있는 것을 대할 때, 우리는 오늘의 시인 김진섭

의 새롭고 의욕적인 감각의 시작 활동에 독자들과 함께 앞으로를 더욱 기대하련다. 에즈라 파운드의 명언인 "가능한 최대한의 의미가 담긴 언어"를 적극적으로 입증하고 있는 것이 새로운 현대시라는 것을 떠올리며 우선 〈지하철을 타고〉를 감상해 본다.

오르막길 내리막길 달려온
저마다 다른 길을 밟고 온 신발들
검정 구두, 흰 운동화, 갈색 부츠…
많은 길들을 싣고 순환선은 달린다

— 〈지하철을 타고〉 전문

이렇듯 〈지하철을 타고〉는 상징적 수법에 의한 깔끔한 인생훈의 시세계를 보여주어 감동적이다. 이런 시를 두고 고급스런 아포리즘aphorism의 가편이라 불러주고도 싶다. "오르막길 내리막길 달려온" 우리들에게 과연 어떤 자성自省이 뒤따라주어야 할 것인가. 화자는 부드러운 표현 속에 숨겨진 날카로운 시각에서 오늘의 현실을 은밀한 톤으로 관찰시킨다. 필자는 시인을 '영혼의 엔지니어'라 주장하고 있거니와 모름지기 김진섭 시인에게는 이렇듯 지하철에 잡답雜沓하는 인생 행보를 시의 재제題材를 설정하고 인생을 관조하는 진지한 자세, 거기에서 자아를 깊숙이 돌아보는 혜안이 번뜩이고 있다. 이와 같은 관점에서 시의 독창성을 바탕으로 하는 '김진섭 시집'의 새로운 제재 내지 새로운 소재의 작품들을 한 편 한 편씩 살펴보며 희망찬 현대시의 내일도 시인과 함께 멀리 내다보기로 하자.

내가 바람의 날개에 홀씨로 매달려
한강 둔치로 날아간다면…
강 옆 물길 찾아
쑥쑥 자라서
열매라도 달고 있으면
내가 부르지 않아도
배고픈 벌레와 새들이 찾아올 게고
새파란 고들빼기로 뿌릴 내린다면
봄 밥상에도 오르기도,
아이들 홀씨놀이에 머물기도 하고
때론 짓밟히고 뭉개지면
펌프질로 희미해져 가는
나를 일으켜 세울 거라!

— 〈잡초〉 전문

〈잡초〉는 우리 모두에게 자연 환경 순응의 논리를 겉으로 드러내지 않고 차원 높은 메타포로써 다시금 우리를 새삼스럽게 일깨워 주고 있는 참신한 현대 한국 신서정시新抒情詩의 가편佳篇이다. 늘 내가 대학 강단에서 학생들에게 강조하는 것은 현대시의 생명력은 서정적 이미지의 발랄한 전개 과정에서 눈부시게 꽃핀다는 점이다. 그러

나 항상 답답한 것은 수많은 시인들이 이미지가 아닌 스토리 제시를 마치 시인 양 착각하고 시가 아닌 이야기를 시대신에 시 행간에다 나열하고 있다.

좀 더 구체적으로 지적하자면 "내가 바람의 날개에 홀씨로 매달려/ 한강 둔치로 날아간다면…/ 강 옆 물길 찾아/ 쑥쑥 자라서/ 열매라도 달고 있으면/ 내가 부르지 않아도/ 배고픈 벌레와 새들이 찾아올 게고/ 새파란 고들빼기로 뿌릴 내린다면/ 봄 밥상에도 오르기도"처럼 시는 전혀 이야기가 아닌 노래를 쓰는 일이다. 이야기는 수필이나 소설에서 다루는 문학적 언어 표현 방법이다. "아이들 홀씨놀이에 머물기도 하고/ 때론 짓밟히고 뭉개지면/ 펌프질로 희미해져 가는/ 나를 일으켜 세울 거라!"처럼 〈잡초〉는 새로운 이미지의 노래다. 시의 새로운 이미지, 곧 가슴 속에 떠오르는 생명의 심상心象이다.

지금의 영어가 된 이미지는 라틴어의 이마고imago가 그 모어이다. 라틴어로서의 이마고는 흉내내기copy라는 뜻을 가졌다. 또한 이마고는 영어의 '이메진/상상한다'이라는 단어와 이메지네이션(상상/상상력)이라는 낱말도 만들어 주었다. 그러므로 시는 마음 속으로부터 떠오른 느낌을 이미지로써 묘사한 살아있는 시언어의 표현, 즉 노래를 말한다. 두 말할 것 없이 〈잡초〉처럼 활달하고 새롭게 이미지를 전개시키고 있어야만 한다.

그 뿐 아니라 시는 〈잡초〉가 제시하고 있듯이 시언어의 표현상 가장 큰 특징인 운율 리듬을 가져야 한다. 이것은 곧 노래의 참다운 내면 형식이다. 그러기에 근본적으로 시는 노래가 바탕이다. 그럼에도 불구하고 자꾸 노래가 아닌 이야기를 늘어놓는다면 시에 대한 무지의 소치이다. 여기서 주의할 것은 참다운 가치 있는 시는 지금까지 다른 시인들이 전혀 다루지 않은 새로운 제재거나 소재의 빛나는 이미지의 신선한 노래 작업이다. 그것은 곧 한국현대시를 발전시키는 원동력이 될 것이다.

> 크낙새 떠난 광릉 숲/ 옹기 같은 혹들이 나무 줄기에/ 여기저기 붙어있다/ 맨 꼭대기 봉긋 솟은 옹이 하나가/ 옹달샘가 처녀들 젖가슴 같다/ 옹기들 가슴팍으로 파고들던/ 작은 된장 고추장 단지 같은/ 쓰임새도 많았던 상징물이/ 광릉 숲서 셀 수 없이 만난다// 오월, 숫구치는 숲을 담기에/ 높푸른 하늘이 너무 좁다

— 〈옹이〉 전문

김진섭 시인의 시는 어느 것이나 부드러우면서도 가장 강력한 새타이어satire로 인간 삶의 양식에 대한 심도 있는 규명을 하는 독특한 시의 표현 수법으로 독자를 압도하고 있다. 〈지하철을 타고〉, 〈잡초〉, 〈옹이〉 등이 모두 새로운 한국현대시로 평가할 만하다. 화자는 〈옹이〉에서도 용납될 수 없는 자연 환경 파괴의 비극을 이미지의 새로운 노래로써 고발한다. 그러면서도 센티멘탈한 감상성이 전혀 배제된 점 또한 감동적인 역편力篇이다. 짙은 서정미와 더불어 주지적인 시어 구사의 미감美感이 돋보이고 있

다. "크낙새 떠난 광릉 숲/ 옹기 같은 혹들이 나무 줄기에
/ 여기 저기 붙어있다"는 오프닝 메시지와 "오월, 숫구치
는 숲을 담기에/ 높푸른 하늘이 너무 좁다"는 마지막 스
탠자 역시 반어적反語的 새타이어의 수사 처리가 매우 주
목된다. 전편적으로 알기 쉬운 시어 구사 속에서 심도 있
는 묘사법을 동원하는 역동적 시 처리는 독자의 눈길을
모으기에 족하다. 고도 산업화 사회가 빚어낸 역설적 자
연 파괴의 족적을 시인이 문명비평의 시각에서 정신적으
로 구원하려는 눈부신 자연애 정신의 시세계가 자못 감
동적이다.

> 제멋대로 불어대는 봄바람/ 밤새도록 방문을 두드리더니/ 아
> 침엔 내 얼굴에 두드러기를 피운다// 겨우내 바람이 뭉개고 간
> 빈들/ 희미한 발자국 패인 곳에서 웅크린 마른 풀 하나가/ 잊혀
> 진 여인의 속적삼 매듭단추처럼 풀어진다/ 아무리 바람이 불어
> 대도/ 풀뿌리는 붙박인 내 발자국에 매달려 있다// 어디서 와서
> / 어디로 가는지 알 수 없는/ 빈 들 가운데서

— 〈바람 부는 빈들〉 전문

"제멋대로 불어대는 봄바람/ 밤새도록 방문을 두드리
더니/ 아침엔 내 얼굴에 두드러기를 피운다"는 오프닝 메
시지로써 이 시의 반어적 수사修辭는 이 작품의 품도品度
을 드높여주고 있다. 이것은 화자가 '봄바람' 의 위쪽에
군림하는 폭력적 존재가 아니고 우선 '봄바람' 이라는 자

연의 대기의 소산에 대한 화자의 겸손한 승복이다.

비록 지금은 "내 얼굴에 두드러기를 피운다"지만 "겨우내 바람이 뭉개고 간 빈들/ 희미한 발자국 패인 곳에서 웅크린 마른 풀 하나가/ 잊혀진 여인의 속적삼 매듭단추처럼 풀어진다/ 아무리 바람이 불어대도/ 풀뿌리는 붙박인 내 발자국에 매달려 있다"는 바람이라는 자연물에 대한 아름다운 경의敬意의 시적 승화이다. "아무리 바람이 불어대도/ 풀뿌리는 붙박인 내 발자국에 매달려 있다"고 하는 삶의 아픔을 어떻게 극복할 것인가 하는 삶의 릴리프relief, 구원이 어떻게 시적으로 가능한 것인가를 시도하고 있는 주목되는 좋은 작품이다.

〈바람 부는 빈들〉은 "어디서 와서/ 어디로 가는지 알 수 없는/ 빈 들 가운데서" 처럼 해맑은 에스프리(espri, 精髓)가 영롱한 아름다운 이미지들로 잘 엮어졌다. 즉 좋은 시는 깔끔한 느낌으로 시작하여 뜨거운 숨결로 마무리되는 것이라면 맑은 영혼의 엔지니어로서 로맨티시즘의 서정적 표현미 묘사가 이 작품의 눈부신 대단원을 이룬다.

태풍이 할퀴고 간 냇가
쓰러진 버드나무 옆 갈대가
백로와 귀엣말로 소곤댄다

건너편 연못 물줄기
옛 성 같은 수정궁 펼치니
연꽃이 붉은 가슴 탁 풀어 헤친다

한가위 달이 슬그머니 갈대 속살을 들여다본다
홀씨들에겐 날개옷 입혀주며 타이른다
"어서 날 밝으면 떠날 채비하라고"


홀씨들 바람 타고 뿔뿔이 흘러가고
새끼들 떠나 보낸 빈 갈대는
서로 부둥켜 안고 윙윙 운다
대代를 잇는 질긴 목숨들이라고
노을이 붉게 타오른다.

— 〈갈대는〉 전문

〈갈대는〉의 수사 처리는 짙은 서정을 바탕으로 지성이 융합된 표현 기교로써 독특한 시창작성을 발휘하고 있다. 전편의 기승전결起承轉結의 구성도 괄목할 만하다. "태풍이 할퀴고 간 냇가/ 쓰러진 버드나무 옆 갈대가/ 백로와 귀엣말로 소곤댄다// 건너편 연못 물줄기/ 옛 성 같은 수정궁 펼치니/ 연꽃이 붉은 가슴 탁 풀어 헤친다" 제 1~2연은 화자의 역동적인 청각과 시각적인 깔끔한 이미지 처리가 돋보이는 공감각적共感覺的 시세계를 전개하고 있다. 우리 시단은 오늘날 소재의 빈곤으로 새로운 시가 계속 기대되고 있는 터에 새로운 감각적 시세계 구축을 위한 진취적인 시작업의 견지에서 이 작품 같은 새로운 〈갈대〉로서의 현대시의 실험 정신을 높이 사주고 싶다.

서울특별시민들이 코 막고 눈 감고 내다버린 파리떼의 영토,

전쟁 고아들이 전마선 타고 건너가던 보이스 타운이던 그 난지
도에서 난초와 영지靈芝가 만나 산다

　　주검의 땅을 일깨워 뒤엎은 억새 무리
　　휘휘 옛 가락을 읊으면
　　까치, 참새떼가 생명의 노래로 화답하고
　　그늘진 벼랑길엔
　　갈대와 쑥부쟁이가 서로 부둥켜안고
　　덩실덩실 춤판을 펼친다

　　억새풀 제치며 너와 내가 손 잡고 걸어가는 허드레 땅
　　묻어 둔 사랑이 다시 녹아 흐르고
　　햇살 듬뿍 이고 한 걸음 한 걸음 올라가는 하늘공원

— 〈하늘공원〉 전문

문학은 그 시대의 역사 현장에 대한 증언을 요청한다.
〈하늘공원〉은 자연 환경적인 현실과 시민 사회의 온건한
사회정의의 구현을 소망하는 역설逆說 아닌 역설力說을 노
래하고 있는 한국현대시의 또 하나의 역편이다. 어쩌면
이렇듯 알아듣기 쉬우면서 뜻 깊은 시가 오늘의 시대의
한 새로운 전형이 아닌가 한다.
　"서울특별시민들이 코 막고 눈 감고 내다버린 파리떼
의 영토, 전쟁 고아들이 전마선 타고 건너가던 보이스 타
운이던 그 난지도에서 난초와 영지가 만나 산다// 주검의

땅을 일깨워 뒤엎은 억새 무리/ 휘휘 옛 가락을 읊으면/ 까치, 참새떼가 생명의 노래로 화답하고/ 그늘진 벼랑길 엔/ 갈대와 쑥부쟁이가 서로 부둥켜안고/ 덩실덩실 춤판 을 펼친다" 전반부라고 상징적이면서 직서적直敍的 묘사 가 자못 현실 사회의 양상과 자연 회복의 순리를 리얼하 게 어필시킨다. "전쟁 고아들이 전마선 타고 건너가던 보 이스 타운이던 그 난지도"라는 역사 현장의 아픔이며 삶 의 부조리를 날카롭게 대비對比시키면서 화자는 오늘의 난지도의 형성 과정을 설정하고 예리한 시각에서 현실을 자성케 한다.

이와 같이 서정미 듬뿍 넘치는 참으로 정화精華된 신선 한 이미지의 시구들은 어느 한 대목도 나무랄 데 없다. 참 으로 물씬한 서정미의 순수한 메타포로 형상화된 이 작 품은 우리 시단의 큰 수확이 아닐 수 없다. 그것은 남들이 보지 못하는 사물을 투시하는 능력을 가진 영혼의 엔지 니어로서의 시인을 가리킨다. 남이 모두 함께 바라보고 있는 콘텐츠를 시라고 써놓아 본들 과연 무슨 가치가 있 을 것인가. 남이 지금까지 찾아내지 못한 이미지의 세계 를 새롭게 꿰뚫어 참신하게 써낼 때의 그 시의 새로운 창 작성과 존재 가치가 성립되기 마련이다.

"억새풀 제치며 너와 내가 손 잡고 걸어가는 허드레 땅 / 묻어 둔 사랑이 다시 녹아 흐르고/ 햇살 듬뿍 이고 한 걸 음 한 걸음 올라가는 하늘공원" 처럼 서정미로 엮어진 시 인의 풍성한 삶의 새로운 릴리시즘은 자못 감동적이지 않을 수 없다. 왜냐하면 김진섭 시인의 시편들은 한국시단에 참신하기 그지없는 각성제 작용을 할 수 있는 서정시편들을 우리 앞에 당당하게 보여주고 있기 때문이다.

묵은 초가지붕 위로 쭉 뻗친 감나무 꼭대기 홍시 하나, 호젓이 버티고 있다. 엊저녁 노을 빛에 더 짙은 홍조 띄더니 망사 햇살에 비친 제 몸 들여다본다

첫서리 내린 냉랭한 허공 한 자락 팽팽이 거머쥔
얼굴 하나

— 〈얼굴〉 전문

"묵은 초가지붕 위로 쭉 뻗친 감나무 꼭대기 홍시 하나, 호젓이 버티고 있다. 엊저녁 노을 빛에 더 짙은 홍조 띄더니 망사 햇살에 비친 제 몸 들여다본다"라는 '홍시' 의 의인화 작업이 자못 새롭다. 즉 인간이 자아를 올바로 파악기 위해서는 인간 일반으로서의 '나' 가 아닌, 인간 개인으로서의 '나' 를 인식할 필요가 있다. 인간 개인으로서의 '자아 인식' 이야말로 '개성personality' 의 참다운 파악이다. 현대시는 가장 개성적일 때 만인에게 공감되는 명편이 된다. 개성적인 시는 시문학적인 새로운 가치며 이상을 자신의 내부로 받아들여서, 객관적으로 창작 발상하는 '초자아超自我' 의 시세계이다.
긍정적 삶의 진실을 추구하는 시인이란 일상의 정신세

계의 진수를 이미지화 시키며 우리는 그를 '유능한 시인' 이라 부를 수 있다. "첫서리 내린 냉랭한 허공 한 자락 팽팽이 거머쥔/ 얼굴 하나"로서의 시인은 스스로의 시세계에 대해 이처럼 겸허하면서도 다부진 결의가 담긴 의지를 표현했다. 이렇듯 서정이 물씬하게 넘치면서 〈얼굴〉은 그의 시적 재능인 릴리시즘을 유감없이 꽃피우고 있다. 그러기에 우리가 시를 쓴다고 하면 모름지기 릴리시즘을 올바로 터득할 일이다. 서정시라는 것의 어원語源은 본래 〈라이어lyre〉라고 하는 하프 비슷한 서양 악기에서 나왔다. 라이어는 한국 고대의 비파처럼 생긴 현악기이기도 하다. 옛날 서양의 시인들이 라이어를 퉁기면서 그 가락에 맞춰 노래를 부른 데서 생겨난 노래라는 뜻을 가진 언어의 음률 문학이 곧 서정시이다. 남들이 눈으로 보지 못하는 것을 끄집어내서 새롭고 아름답게 보여줄 때 우리는 그 시인을 유능하다고 평가하게 된다. 〈얼굴〉이야말로 결코 겉으로는 거창하지 않으면서도 내실한 삶의 진실 추구가 독자를 다시금 감동시키고 있다. 또한 여기에서 시인의 진지하고도 아름다운 시적 탁마의 자세가 눈부시게 번뜩인다.

　끝으로 이 시집을 계기로 김진섭 시인의 더욱 활기찬 시단 활동을 독자 여러분과 함께 크게 기대하련다.

# 하늘공원

지은이 / 김진섭
펴낸이 / 김정희
펴낸곳 / **지구문학**

110-122, 서울시 종로구 종로2가 39 뉴파고다빌딩 215호
전화 / (02)764-9679
팩스 / (02)764-7082

등록 / 제1-A2301호(1998. 3. 19)

초판발행일 / 2010년 6월 10일

© 2010 김진섭 Printed in KOREA

값 7,000원

E-mail/jigumunhak@hanmail.net

※잘못된 책은 바꿔드립니다.
※저자와의 협약으로 인지는 생략합니다.

ISBN 978-89-89240-37-2  03810